KB148103

넌 너의 춤을
추면 돼

넌 너의 춤을 추면 돼

글/그림 이철훈

도서 더 로드
출판
The Road Books

우리 인생은 그리 거창하거나 대단치 않아요.
운전을 하다 반 뼘만 핸들을 꺾으면
더 이상 오후의 햇살을 즐기지 못할 수도 있구요.
한 발만 잘못 디디면 사람들이 내 사진 앞에서
절을 할 수도 있죠.
오늘 밤 두 눈을 감고 자면 내일 아침 다시 눈뜰 수
있다는 확신이 있나요?
삶은 불확실해서 불안하고 두렵지만 그래서 더 기대되고
재미있기도 해요. 뻔한 스토리는 별로잖아요.
원해서 태어난 사람은 없지만 원하는 대로 살 수는 있어요.
부자가 되기는 어려울 수 있지만 잘 살기는 어렵지 않아요.

여건은 외부로부터 오는 게 아니라 각자가 만드는 거죠.
핑계랑 걱정은 하면 할수록 느니까요.
행복해지고 싶다면, 재미있게 살고 싶다면
그렇게 하면 됩니다. 마음 가는 대로.
인생은 단순해요 우리 머릿속이 복잡할 뿐이지….

※ **이 책 보는 법(복용법):** 그림을 먼저 보시고 글을 보시면 더 재미있습니다.

공부를 많이 하면
공부가 늘고

춤을 많이 추면
춤이 늘고

걱정을 많이 하면
걱정이 늘어납니다.

인생은 단순해요

우리 머리속이

복잡한 뿐이지 ...

당신을
사랑합니다.

당신은
모르겠지만….

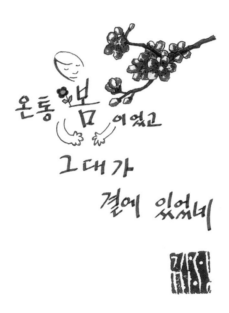

온통 봄 이었고
그대가
곁에 있었네

#별로 #안좋은건
#빨리도 #오더라

인생은 멀리서 보면 희극이고
가까이서 보면
※시발 ※노안 왔네
※안보임

소와 사자는 서로 사랑하는 사이였습니다.

소는 가장 좋아하는 부드러운 풀을,
사자 역시 가장 아끼는 도톰한 살코기를
매일매일 서로에게 주었답니다.

어떻게 되었을까요?

상대는 나와 다름을 인정하는 것이
모든 관계의 출발!

누워 있다고
누구나 편한건
아니야

2016
챔훈

자신이 잘하는 것을
과소평가하지 마세요.

"너만 몰라,
날 수 있다는 걸."

2016 천훈

잘하는 일과
하고 싶은일

I'm Fine.

And you?

하우두 유두 ?

일을
너무나 신성시하는 사회.

노는 것도 쉬는 것도
그만큼 중요해요.

아무것도 하지 않을 권리.

#게으름의 #행복

격정적으로
아무것도 하기싫다 ─!

한쪽 문이 닫히면
다른 쪽 문이 열리죠.

#이미 #문은
#열려 #있을지도

버티기 힘들면 놓아버려

낭떠러지만 있는게

아니야

고통에서 애써
벗어나려는
마음이
더 깊은 상처를
만들어냅니다.

때론
그대로 머물러 보세요.
그 정중앙으로 들어가 보세요.

머무름

#브라질리언 #두발 #왁싱
#도입 #시급
#패피 #승복

헤어 스타일
바꾼적 없다,

지 발로 나간거다.

나는
자면서도
눈 밑이 아려
눈가를
자꾸만 비볐다.

잠은 안오고

　　너만 자꾸오네...

핸드폰을 보지 않고
하루만 지내 보세요.

처음 몇 시간은
안절부절
불편하겠지만

시간이 갈수록 평온해져
결국 폰을 소유하지 않았던
원래의 마음으로 돌아갑니다.

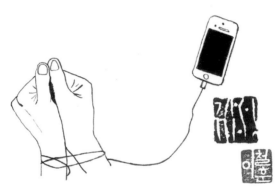

Digital Jail

친구, 가족, 부부란
이름으로

너무 많은 걸 알고자 하는 건
아닌지요?

#숨좀 #쉬자

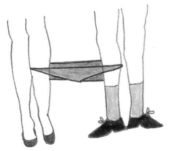

공유

2016 창훈

나무, 빌딩, 하늘, 우주….

헤아리지 못할 높이 속에서
10센티에 집착할 건가요?

#힐높이#니키#아님
#이쁘긴해

집착

누구나 작은 소원이 있지요.

어느 면사무소 여직원의 바람.

#라면다섯개
#나트륨과다
#왜먹지를못하니
#feat 운수좋은날

2016 청훈

소원

비가 옵니다.

오늘은 맞췄습니다.

#찍기
#일기중계

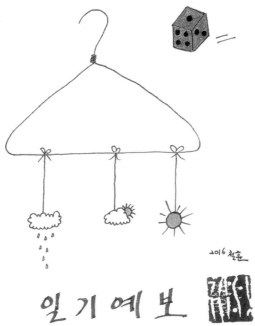

일기예보

#필수영양소
#멀리하지#말아요
#지방배달

2016 창훈

탄수화물

사람들은 자기도 모르는 자신의
이야기를 참 쉽게 합니다.

.

#남이야기
#이해 #오해
#착각
#오지랖

2016 철훈

어떻게 나도 모르는 내 속을

너들이 더 잘아니?

어떤 이를 판단할 때가 오면
집, 차, 옷차림, 말을 믿지 마세요.

그 사람의
살아온 인생을 보세요.

2016
철훈

겉모습

다 지키고 살진 못해도
못 지킬 핑계를
만들지는 말아요.

약속

활짝 핀 꽃 앞에 남은 운명이
시드는 것밖에 없다 한들
그렇다고 피어나길 주저하겠는가.

"그대"

—이석원 시 中

#그대라는 #꽃은
#저물어도
#여전히 #그대

2016 천종

닳아 사라진다 해도...

오늘날 가장 큰 재앙은
나병이나 결핵이 아니라
소속되지 못했다는 느낌이다.

−마더 테레사

#손목을#잡으며
#슬픔을#감추며
#내곁에#있어주

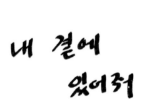
내 곁에
있어줘

노력이란 녀석은
걸음이 아주 느립니다.

2016 철훈

소음이 날지
아름다운 리듬이 들릴지 ..

배가 고프면 포악해지는,
평화를 사랑하는 우리는
살을 뺄 수가 없다.

사랑. 이해. 배려심은
다 탄수화물에서 나오는 거였어!

신경정신과에는
정작 와야 할 사람들은
오지 않고
그들로부터 상처받은
사람들만
온다는….

치유

#머리카락 #키 #얼굴
#타고난게 #죄라면
#다함께 #서울구치소

2016

올 때가 되어서 왔고
갈 때가 되어서 가는데 무슨….

나뭇잎이 진다고
  통곡 한 것인가?

"내가 누군지 알아? 어!?"

이렇게 소리치는 사람들 중 대다수는
정말 자신이 누군지 몰라서
묻는 거다.

D.T

나란 말이야
나 !

제대로들 쉬고 계신가요?
죽으면 쭈욱 쉴 텐데 치열하게
살아야 한다구요?
그런 분들은 진짜로 일찍 쉬게
될지도 모릅니다.

휴식;휴~SICK

2016
학훈

이름 이따구로 지을래?!

동족상잔

※ 뉴질랜드 ※ 국조 ※ 키위새

그렇게 넓은 우주 공간에
그리도 많은 생물 가운데서
이리도 흔한 사람들 틈에

너는 여자, 나는 남자로 태어나
까닭 모를 전쟁을 몇 번씩 치르고도
살아서 사랑한다는 사실.

긴 역사에 비하면 아무것도 아닌
존재이지만 우리에게는 너무나도
아름다운 재산.

너와 내가 살아서 사랑한다는 일은….

"세상에서 가장 아름다운 일"
– 이생진

너와 내가
살아서
사랑한다는 얼은...

어릴 적 마을 구멍가게 툇마루엔
단짝 할머니 두 분이 늘 함께
계셨습니다.
오래전 돌아가셨겠지만 두 분의
이름은 잊히질 않네요.
거기서도 항상 행복하세요.

− 북면 하당리에 사셨던 "남궁디, 용얼라" 할머니께

Show me? Watch me?
"좋아요"는 내 곁에 함께 지내는
사람들의 눈을 바라보며 미소로
눌러 주셔도 좋겠습니다.

中毒

욕구 불만도 욕구가 있어야
생기는 거지.

#그냥#내몸이#좋아
#지구는#내가#지탱해

꿈속에서만

늘 이 몸매 ㅠㅠ

일이 잘 풀릴 때가 있습니다.
그럴 땐 그냥 좋아하고 기뻐하세요.
미리 안 될 거 걱정하지 말고.
걱정은 그때 되면 마음껏 할 수 있어요.

#사서 #걱정 #얼마면돼

#게으름은
#즐겁지만
#괴로운#상태

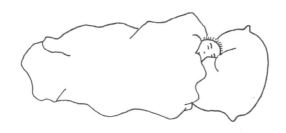

언제나 게으름이
제일 부지런 하다 ...

장세 김제모양

성격 : 털털

내 머리는 왜
대가린데 !!

시바견은
일본의 대표 견종.

#근데#일본#니들은#과거사
#반성#제대로#안하냐#시바!

이런 시바!

※시바견 ※족키

아재들은 할배가 되고
청년들은 아재가 되고

#아재개그 #포에버

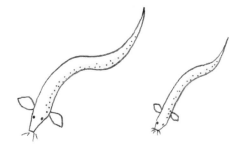

미꾸라지　　미꾸미리엄　　미꾸스몰

가지 않은 길에 대한 미련,
가지 못한 길에 대한 아쉬움.

#짜장면주문후
#가슴에꽂히는
#옆자리 #짬뽕

#남의 #떡이 #실제큼

그곳은
어떤가요..

하늬바람, 산들바람, 꽃샘바람….

"아이들 좀 그냥 놔두세요!"

– Feat. 치맛바람

바람이 분다

좋구르 !!

돌아온단
약속은….

외로움은 누구라도 달래줄 수 있지만

그리움은 너 없이 안되는 거잖아 !!

그 말이
듣고 싶었나 봅니다.

그 말을
하고 싶었나 봅니다.

내가 듣고 싶어하는 말은

해 줬으면

좋겠어 !!

삶의 마지막에
곁에 아무도 없다면….

며칠이, 몇 달이 지날 때까지
아무도 그 죽음을 모른다는 건….

보듬고 살아요.
사랑하며 살아요.

고독사

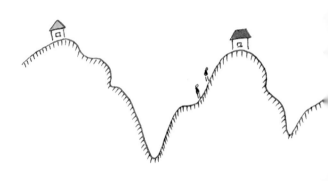

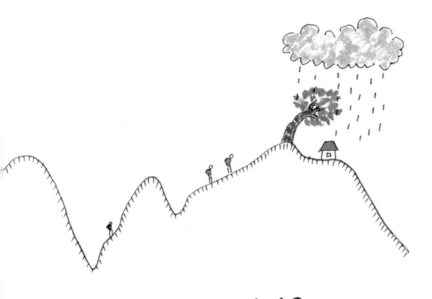

이런줄
몰랐으나

우연치고는 자주 보네요?

#3박4일 #준비했다
#너도 #알잖아 #우연아닌거

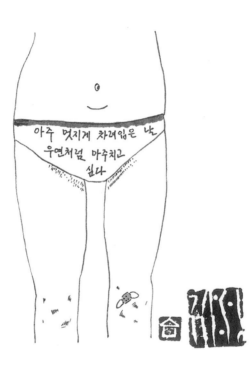

파리는 똥을 찾고
나비는 꽃을 찾고
우리는 길을 찾고

1버터풀라이

도시의 오래된 주택과 골목이 좋았다.

자본의 논리에 의해 빌라, 원룸 같은
각지고 차가운 건물들로 포근함을
잃은 지 오래다.

도시의 역사, 문화, 스토리는 우리에게는
먼 이야기일까?

나이가 들어도 인생은 모른다.
어느 여배우가 말하지 않았나.

"나, 67살은 처음이야"

人生 실전

난 언제나 너의
넌 언제나 나의

#천생연분

I'm Your

BIG FAN

당신의 꿈은
안녕하십니까?
여전히
그 자리에 있나요?

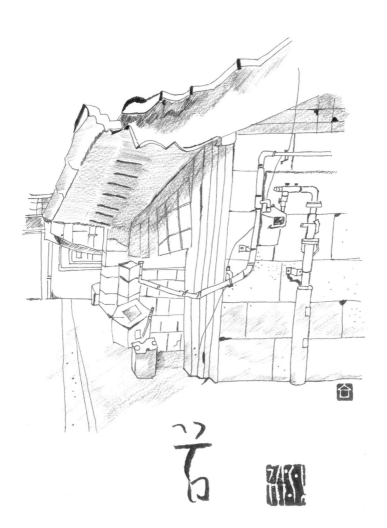

#왜
#도대체
#책만보면
#프로포폴

독 서

우리 주위에 양이 잘 보이지 않는
이유를 아세요?

양도 소득세를 내기 때문이죠.

#이거아는사람 #별로없음
#낼거좀내고삽시다
#있으신분들

양도 소득세

여 행

많 이
멀 리
길 게

떠날준비

#현실이
#녹록지는
#않더라

기쁨을 나눴더니
  질투가 되고
슬픔을 나눴더니
  약점이 되더랑

남들이 뭐라 해도….

#대신 #살아주지 #못하면서
#이래라 #저래라

116 。

넌
너의 춤을
추면 돼

#말없이
#응원하고 #빛이 #되어주는
#그대들을
#사랑합니다

누군가에게
당신은 희망!

그 사람을 잃을까
그 사랑이 변할까

두려움, 초조함은
사랑의 또 다른 이름들….

will you still love me tommorow

"느그 아부지 모하시노?"
"그림 그리는 화간데예…."

A: "어…, 그래…(먹고 살기 힘들 낀데…).
B: "오~, 아티스트 옆집에 살아서 영광이다."

우리 사회는 A일까요? B일까요?

#왁싱하면
#사라지는
#신기한
#와이파이

wi-Fi

2016 천호

곳곳에 숨어 들어
세상을 혼란케 하는
생태계의 파괴자들

니가 그렇게
빨라 ??

＊빠른 년생
＊개족보

＊다친구

#핸들에서
#아드레날린이
#분비#되나봐

운 전

나보다 늦으면 다 꼼꼼이

나보다 빠르면 다 미친놈

#그게 진짜라면
#끝까지 놓지마

이솝우화

✳ 2017SS신상
✳ 240mm 마감임박

2016 청춘

은지문 Duck

자식들 행복하게 사는 것만
바라세요.

자신들 못다한 꿈 같은 거
강요하지 말고.

2016 청훈

재벌 2세가 꿈인데

아빠가 노력을 안해요!

#매니큐어
#서서바르기
#다양성
#뱃살
#못수그림

 까까성

각자의 방식

고위험 직업군 신밧드 씨는
오늘도 실손 상해보험 가입에
실패하고 맙니다.

#김미영#팀장#소개

신밧드의 모험!

아이가 처음 태어나면 체온이 37도.
나이가 들면 점차 체온이 떨어져
노인이 되면 36도.

사람의 체온이 1도 올라가면
면역력은 5배로 증가.

연인이 껴안고 함께 자면 37도.

"우리 모두 안고 잡시다."
−건강과 장수를 위한 '껴안고자기운동본부'
사무처장 김모솔, 회장 박독거

"성공적인 결혼 생활을 하려면
여러 번 사랑에 빠질 필요가 있다.
항상 똑같은 사람과 여러 번."

– 미뇽 멕놀린

결혼할 땐 이런 질문을 해봐라.
'늙어서까지도 이런 사람과 대화를 할 수 있을까?'
이외에 다른 모든 건 일시적일 뿐이다.

– 니체

누런털 파뿌리가
된때까지
평생 한 개 만을 ...

2016 철훈

#다이아몬드가
#흔하고싸다면
#여전히
#아름다울까

너무 귀했던
지금은
흔하디 흔한

이 노란여자는

잘못이 없라 !

#자주취 #살좀빼

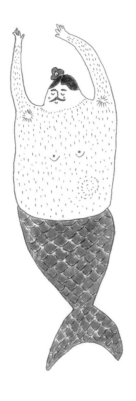

칭찬?
그런거 없어도
난 추고 싶을
때 춰!

2016 철흔

팬티의 생명은 고무줄이죠.
반복하면 건강도 좋아지고 고무줄이
늘어나 새 팬티를 살 수 있답니다.
새 팬티 따위는 필요 없다는 시크하고
귀찮은 표정이 중요합니다.

새팬티 살수있는
체조!

2016
천운

2016 청훈

가끔은
알고도 낚여주자.

어떤 인연으로
우리는 이렇게 함께일까요?

#빼박캔트

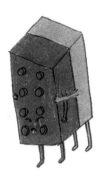

2016 청훈

부부 , 연인 , 친구

가스레인지에 물을 올리고
주저 없이 라면 스프를 뜯어 놓습니다.
물이 끓을 거라는 확신이 있기에.

우리 인생도
잘될 거라는, 행복할 거라는.

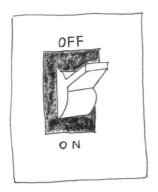

빛이 꺼지리라는 확신!
그대 인생 또한!!

2016
천호

#앞으로뒷태
#90A

2016 철훈

이러면

곤란한데 …

자충수: 바둑에서 자기가 놓은 돌을
자기가 죽이게 되는 수

살다 보면 의도치 않게 지 발등 지가 찍는
일이 생기기 마련이지요.

그것 또한 그러려니….
새옹지마(塞翁之馬)도 있으니까요.

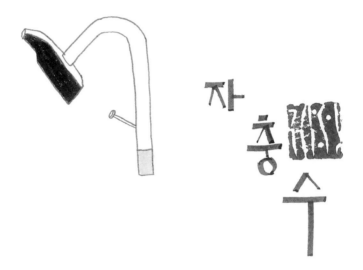

자충수

3분짜리 노래에도
하이라이트가 있는데
살다 보면
극적인 순간이
반드시
오겠지요.

노래하듯
춤을 추듯

2017. 1. 23

"우리 개는 안 물어요."
"애들은 원래 정신없고 뛰어다니는 거예요."

#세상 #혼자사냐
#내눈 #어떡할래

안보인다면

다가?

2016 천훈

세상에
아무도 없고
나만 살아 있다면….

풀이 명품을 알까
나무가 자동차를 알까
바람이 오늘 잘 먹은 화장을 알까.

착한 사람 콤플렉스?
좋은 사람 증후군?
상처받고 싶지 않다구요?

그런 거 없어요.
자기로 사세요.

2016 청훈

오늘은 또
어떤 가면속에
사시나요

달착륙 음모론
9·11테러 음모론….

'음모론은 지적인 욕설'

#왁싱전문샵 #무모나라

음모론!!

이건 뭘 논할게 있다고...

헛짓하다가 성공한 사람들이
생각보다 많다.

구글에서 성공한 프로젝트는
모여서 회의할 때 나온 것이
아니라,

놀다가, 술 마시다가, 뻘짓 하다가
떠오른 아이디어가
훨씬 많다는 사실….

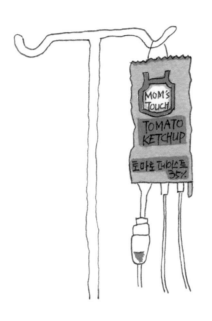

※ 링거는 ※ 엄마의 손길

돈이 되는 재주만이
필요한 게 아냐.

그 사람을 아름답게
보이게 하는 건
진.정.성.

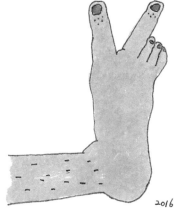

누구나 잘하는게 있다
그게 아름다운거다.

2016 창훈

젊으니 참을 수 있다고?
그 나이 땐 다 그렇다고?
열정만 있으면 가능하다고?

#어설픈 #충고는 #정중히 #사양합니다
#병원엔 #청춘들만 #있겠네

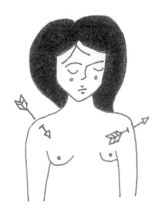

2016 청훈

아프니까 청춘?
아프면 환자지!

길을 잃으셨나요?

#그대의 #인생에선
#그대가 #가는곳이
#길이에요

어디로
가야하나

#복장규정
#수염.반삭
#반바지
#미친
#해고

수염 필수
반바지 필수

이런 회사 ...

2016
정훈

그리워도
보고 싶어도
가슴에 묻어야 할
사람이 있습니다.

어떻게 지내,,

SOFA. SO GOOD.

#부모님이 #선생님이 #친구들이
#아무말 #안한다고 #모를줄아니?

2016 철훈

지켜보고
있다ㅡ!!

후드티는 디자이너가 만들어 유행시킨
옷이 아니라, 공장 근로자들이 일할 때
먼지를 막기 위해 자연스레 만들어진 작업복

#자연스러운게#멋진#좋은예

로빈후드

#멍때림
#아련한
#추억같은건
#애초에없음

스타킹 고 나갔는데
강 출근 할까?

태어나면서부터
일해서 돈 번 사람 손!

백조라도
사랑해줘..

※ 나도 백순데요...

#고라니아님

노루웨이

자유연애주의자인
한 남자가 있었다.

#피카츄
#위아더월드

2016 청훈

오는 여자 막지 않았는데
아무도 오지 않았다

오늘
생각하고,

내일
말하세요.

잡소리가 너무

많다 !

#왼손으로 #밥을먹든
#밥이 #왼손을먹든
#좀내비둬

뭐! 왜!!

그 사람이 사라질 때까지
지켜보는 당신은
그 사람을 사랑하는 중입니다.

2016 철훈

누군가의 뒷모습이
보인다는건
그 사람을 사랑하고
있다는 말!

팬티가 무릎에 걸려 있는데
입으려고 한 건지
벗으려고 한 건지
기억이 안 나.

나이가 든건지 늘 보던 창밖 풍경이

낯설게 느껴지네 ...

※ 버스 잘못 탄 날 !

성수기 가격은
왜 그리
풍만한지….

유 난히   성숙했던 성숙이 !

★ 성수기 : 7월 10 ~ 8월 20 까지 ...

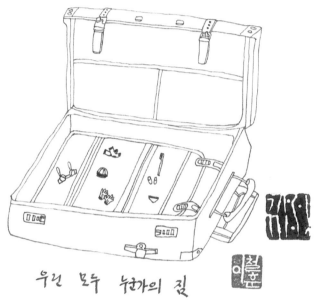

우린 모두 누군가의 짐

그 속에 꼭 필요한걸 담아서 들게 하길...

2016 철훈

찬바람에
고끝이 빨게 지는건

오늘도 살아 있다는

증거!

#푸드파이터
#내겐 #아직
#12개의고구마가
#남아있나이다

고구마 다이어트! 하루에 30개 밖에 안먹는데
자꾸 목이메고 살이 찐다.
내게는 안 맞는거 같다 !

#먹느라 #힘들었으니
#이제 #자야지

저염식

통닭 먹은사람?
저염!
피자 먹은사람?
저염!!

누구나
꽃이 피는 계절이
따로 있죠.

2016 청훈

뒤뚱거리던 내가
물속에선 바람과 같죠
당신의 물속, 당신의 바다는 ?

정치는 아재들의 전유물이 아니죠.
관심을 가지고 목소리를 내야 해요.
그저 얻어지는 건 없어요.

#주인이 #될건가요
#손님이 #될건가요

Tom 깐오리

인생 뭐 없을 거 같죠?
잘 찾아 보세요.
뭐 있습니다!

C'est la vie !

아무리 맞춰 보려 해도
안 되는 사람이 있다.

그건 그냥
안 맞는 거다.

2016 철훈

진짜 안 맞는
사람이 있긴하다 !

짬짜면은 이단이다!

2016 청훈

평생의 고뇌 !!

가끔
느낌이
쌔~해질 때가 있다.

#딱히 #잘못한건 #없다

호러 　① 공포심을 일으키도록 의도한
〔horror〕　② 공포 . 전율 . 무서움

　　동의어 : 마누라
　　　　　　오래사귄 여친

2016 철훈

"너 황소? 나 종식이야!"

#넘버3
#직사시켜버릴거야#직사

"마늘파 종식이"가

누구야 !

✡ 마늘파종시기는 10월부터 11월 초순

태풍이 지나가길 기다리는 게 아니라
때론 퍼붓는 비바람 속에서
춤추는 법을 배우는게
인생이더라.

"우리 때는 말이야~."
그때 아니구요.

"나 같으면 말이지~."
너 아니구요.

2016 철훈

다름

귀염을 떨어?
어금니 깨물어!

#속아주는거야 #사랑하니까

아무뭇더 앙머뭇드그 …

❋ 아무것도 안먹었다고 !!

하루하루 뽑다 보면
행복은 나와요.
반드시!

#행복 #총량의 #법칙

한 장 한 장 우리의
인생 이라면 …
행복은 다 뽑아쓰고 가요
우리 …

넌 너의 춤을 추면 돼

초판인쇄	2017년 11월 10일
초판발행	2017년 11월 17일
지은이	이철훈
발행인	조현수
펴낸곳	도서출판 더로드
마케팅	최관호 최문순 신성웅
편집	정민규
주소	경기도 고양시 일산동구 백석2동 1301-2
	넥스빌오피스텔 704호
전화	031-925-5366~7
팩스	031-925-5368
이메일	provence70@naver.com
등록번호	제2015-000135호
등록	2015년 06월 18일

정가 16,500원